Aquelarre

Erika Sanders
Serie
Colección Historias Eróticas

Sinopsis

Verónica y Aqueron son los Sumos Sacerdotes de dos aquelarres, uno femenino y el otro masculino que fueron separados por haber deshonrado a su Diosa.

Pero los demonios acechan la Tierra y la única manera de derrotarlos es uniendo sus fuerzas.

Pero esta unión está prohibida.

Aquelarre es una historia perteneciente a la colección Historias Eróticas, una serie de historias de alto contenido erótico.

También es una historia perteneciente a la colección Historias Fantásticas, una serie que consta de novelas de Fantasía y Ciencia Ficción.

(Todos los personajes tienen 18 años o más)

Nota sobre la autora:

Erika Sanders es una conocida escritora a nivel internacional, traducida a más de veinte idiomas, que firma sus escritos más eróticos, alejados de su prosa habitual, con su nombre de soltera.

Índice

AQUELARRE
ERIKA SANDERS

CAPÍTULO 1

Los labios de Verónica Anders temblaron de ira mientras miraba al hombre atado ante ella.

Su cabello ligeramente canoso apenas se movía con el viento.

Con una altura media, asintió con la cabeza al resto del aquelarre.

Señalando a otra mujer, hizo un gesto para que comenzara.

Haciendo una reverencia, la mujer más joven, Samantha Ward, comenzó a leer.

"Feliz encuentro. Hermanas del aquelarre, estamos aquí para decidir qué hacer con ..."

Aquí Samantha arrugó la nariz y se apartó el pelo rojo de la cara.

"... este intruso en nuestra comunión con la Diosa. Sigo con la lista de atrocidades cometidas: Intentar extraer todo el poder de los miembros del aquelarre. Intentar tomar objetos personales sagrados de los miembros del aquelarre. Y, por último, tratar de engañar a varios miembros jóvenes para que rompan su juramento con el aquelarre y con la Madre Tierra ".

Una vez más inclinándose, Samantha dio un paso atrás, su pequeña figura casi perdida junto a las demás.

Los ojos del hombre brillaron un momento y luego se oscurecieron después de que Verónica agitó una mano sobre él.

Levantando la cabeza, el hombre comenzó a reír.

"¡Ya perdieron, maldito montón de coños! ¡Ninguna de ustedes tiene el poder de derrotar a mi Maestro! ¡Mátenme ya y terminemos con esto, oh! ¡Es cierto, simples perras ustedes no pueden matar! ¡Ja! Como les dije ¡Perdieron, el Maestro no tiene tan buenas convicciones! Yo ... "

Verónica comenzó a sonreír cuando el hombre comenzó a gritar, su cuerpo golpeó el suelo con fuerza.

Convulsándose y retorciéndose en el suelo, la piel del hombre comenzó a cambiar a un color rojo para luego volver a la normalidad.

"¡Creo que hemos escuchado suficiente de ti, engendro del infierno!" La voz de Verónica sonaba fuerte transmitiendo su autoridad.

Gritando más fuerte, el hombre comenzó a reír.

"No puedes matarme, tú ..."

"¡No tenemos que matarte!" Samantha escupió en un gruñido bajo. "Por otra parte, muchos se sorprenden de lo que realmente pueden vivir".

La cara del hombre se sorprendió y luego asintió con una gran sonrisa.

"Tan cierto que eres una bruja zorra. ¡Me gustas! Creo que te mataré la próxima vez que te joda varias veces. ¡Debería durar unas horas soportando a mi polla!"

Esta vez, Verónica gruñó mientras hacía un movimiento de corte más severo.

Esto hizo que el hombre gritara aún más.

Samantha se inclinó ante Verónica.

"Lamento haber hablado fuera de turno, Suma Sacerdotisa. Por favor, perdóneme".

Dirigiendo sus ojos azul hielo a Samantha, asintió y tocó a la mujer arrodillada.

"Levántate Samantha; esta es una prueba para todas nosotras. La Madre Tierra no permitirá que ésta ni ninguna otra persona nos perjudique".

"Gracias Suma Sacerdotisa, escuchar esto de usted me da un gran alivio", respondió Samantha.

"Esta intrusión me ha llevado a traer a nuestro hermano de aquelarre: El Sumo Sacerdote Aqueron" Verónica dijo indicando a varios hombres que avanzaron.

"Gracias, Suma Sacerdotisa. La Madre Tierra siempre nos había dicho que la energía de ambos sexos no debería mezclarse. Esto no sucedería sin su permiso. Con esta emergencia, la Madre Tierra nos ha hablado a los dos sexos. En este caso estamos más fuertes juntos contra este enemigo. Separados no tendríamos ninguna posibilidad ". El Sumo Sacerdote dijo.

Hubo una risa inhumana y el hombre atado habló de nuevo.

"Así que el hombre viejo, impotente y sin polla está aquí esperando salvarlos a todos. ¡Patético! Disfrutaré Maestro ..."

Aqueron, junto con varios de los hombres con él, y luego Verónica y varias de las mujeres señalaron al hombre.

De repente incapaz de hablar y luego respirar, su apariencia comenzó a cambiar.

"¡He aquí hermanas!" Verónica declaró. "Los monstruos más terroríficos siempre se parecen a los hombres comunes".

Gruñendo, la piel del hombre se puso roja mientras su rostro se contorsionaba y alargaba.

Los cuernos brotaron de la parte superior de su cabeza, mientras una cola le salía del culo.

"¡Entonces Ascaroth! ¿Realmente pensaste esconder tu verdadero yo de nosotros?" Aqueron gruñó.

"¡Bah! ¡Viejo, el Amo te consumirá tan fácilmente como tú haces un bocado de guiso! Y la brujas, estoy seguro de que encontrará varios usos para ellas. Aunque son humanos, podría usar sus cuerpos. ¡Solo son mujeres después de todo!

"Así que fuiste el explorador que envió". Aqueron declaró. "Si no regresas, supongo que se irá".

"¡Ja! ¡No importa si regreso o no, él vendrá!" Girándose para mirar al aquelarre de mujeres, luego a los brujos masculinas el hombre volvió a reír. "¡No hay nada que ninguno de tus débiles aquelarres pueda hacer!"

Aqueron le susurró algo a Verónica, y luego a sus miembros del aquelarre masculino.

Samantha asintió con la cabeza a Verónica después de haber hablado con el Sumo Sacerdote.

Luego ésta fue y habló con los miembros de su aquelarre femenino.

Formando un gran círculo alrededor de la entidad demoníaca, todos comenzaron a cantar.

"¿Qué estás haciendo? ¡No tienes el poder de hacerme una maldita cosa ... NOOOOOOOOOOOO!"

Incluso, mientras observaban, la piel de la criatura en el centro comenzó a desvanecerse.

Los dos aquelarres ignorando las amenazas y los gritos aumentaron su canto.

De repente, la criatura comenzó a hinchar todo su cuerpo.

Finalmente, unos momentos después, la criatura gritó por última vez mientras se inflaba más, ¡y luego explotó!

CAPÍTULO 2

Verónica y Aqueron movieron sus manos sobre el lugar en el que había estado la criatura.

Asintiendo entre sí, se inclinaron y luego se mudaron a sus respectivos aquelarres.

Ambos estaban hablando con sus seguidores cuando se volvieron y se encontraron nuevamente en el medio.

Ambos se inclinaron el uno al otro otra vez.

"He hablado con mi aquelarre", comenzó Aqueron.

"Como tengo que hacer con la mía. ¿Supongo que el tuyo sugirió una alianza? ¿Al menos mientras dure esta crisis?" Verónica respondió.

Aqueron asintió con la cabeza.

"No estoy seguro si esto es posible con la historia que tenemos. Debemos hacer que funcione si queremos salvarlo todo".

"Estoy totalmente de acuerdo. Aunque la posibilidad de tener ambos sexos en el mismo lugar parece arriesgada. Si uno toma una pareja sexual del otro aquelarre, me temo que todo está perdido". Verónica advirtió.

Aqueron asintió mientras su mente retrocedía.

Décadas antes de que todo esto comenzara.

Los aquelarres estaban juntos como uno.

Bailar desnudos con la Madre Tierra era algo casi diario.

Las batallas eran mucho más fáciles con la energía sexual que liberaban.

Verónica también recordaba el día en que ocurrió el incidente.

Dos miembros femeninos fueron encontradas sacrificadas.

Las autoridades locales habían investigado.

Se encontró a un hombre joven vagando cerca de donde se descubrieron sus cuerpos.

Estaba cubierto de sangre con una mirada perdida en su rostro.

No tenía ningún recuerdo de las últimas veinticuatro horas.

Incluso después de que el Sumo Sacerdote y la Sacerdotisa habían revisado sus recuerdos, no habían encontrado nada.

Las lágrimas le comenzaron a caer de ambos ojos.

Después de que las autoridades se lo llevaron, solo un mes después el hombre fue ejecutado.

¡Verónica negó con la cabeza a su querido hermano!

Aqueron también estaba triste al recordar al último verdadero amigo que tuvo.

Después de eso, el aquelarre se dividió en dos por sugerencia de los líderes.

Aqueron todavía podía ver a su amigo tan claro como el día.

Luego, con el viento susurrante, podía jurar que escuchó a la diosa de la Tierra decir 'mira más de cerca'.

Aqueron y Verónica se miraron el uno al otro.

Levantando los recuerdos, ambos los revisaron de nuevo.

Ambos miraron más de cerca de repente jadeando cuando vieron la marca cerca de la línea del cabello en el aturdido joven.

Al mirar la marca, ¡ambos reconocieron la marca del malvado Maestro de las bestias demoníacas!

Mirando detenidamente, ambos habían visto algo de lo que no sabían hasta ese entonces.

Volviendo a la actualidad y sacudiendo la cabeza, Aqueron fue el primero en hablar.

"Parece que el aquelarre se rompió al permitir la infiltración de nuestra dimensión".

Bajando la cabeza y cayendo de rodillas, Aqueron casi susurró.

"Madre Tierra, te ruego que me perdones por no ver lo que deberíamos haber visto. Gracias a nosotros por no danos cuenta, esta guerra ha estado yendo muy lejos demasiado tiempo".

Verónica también se arrodilló a su lado.

"Por favor, perdónanos todo por abandonar tu propósito. Para proteger a esta dimensión". Aquí miró a Aqueron, "¡y además a todas nuestras hermanas y hermanos!"

De nuevo en el viento susurrante, ambos escucharon a la Madre Tierra

'Finalmente eres uno más. ¡Protege a todos y termina esto!

Ambos levantaron la vista sobresaltados antes de llamar a sus aquelarres.

Aqueron asintió con la cabeza hacia Verónica cuando ella comenzó.

"Yo y el Sumo Sacerdote Aqueron hemos hablado con la Madre Tierra. Lo que rompió el aquelarre fue una mentira. A través de las imágenes que se nos dieron, se descubrió que mi hermano había sido marcado para olvidar lo que había sucedido ese día. " Verónica dijo y luego se volvió hacia Aqueron.

"Como hemos demostrado al destruir a Ascaroth, somos mucho más fuertes juntos que separados. Es esta separación la que ha perpetuado esta guerra durante tanto tiempo. A partir de este momento, eso ha terminado. Una vez más somos un aquelarre. Tanto la Suma Sacerdotisa con yo mismo ¡intentaremos guiarles mientras continuamos, juntos, y terminaremos esta guerra! "

Hubo una gran cantidad de gritos cuando Aqueron y Verónica se unieron y comenzaron a brillar un poco.

Sonriéndose el uno al otro, Aqueron levantó la mano para calmarlos.

Verónica se inclinó ante Aqueron como él lo había hecho ante ella.

"Tenemos mucho que hacer para evitar que el Amo de las bestias demoníacas intente hacerse cargo de esta dimensión. Sé que existe una gran desconfianza hacia los no brujos. Especialmente después de que fueron ellos quienes ejecutaron a mi hermano. Esto tendremos que revisarlo también. Yo misma tengo la mayor desconfianza con ellos. De hecho, no estoy segura de si ellos también pudieran haber sido influenciados por el Maestro demoníaco". Verónica dijo.

Aqueron asintió cuando Verónica le indicó que había terminado.

"Mis hermanos y hermanas, sé que no tenemos mucho tiempo. Siento que el Maestro diabólico atacará pronto pensando que somos débiles y aún más si estamos separados. Estoy seguro de que TODOS UNIDOS terminaremos con esto, trayendo de vuelta la paz que ha estado perdida por décadas. ¡Juntos sé que podremos vencer al mal! "

De nuevo hubo vítores de ambos aquelarres.

Después comenzaron a mezclarse para conocerse y estrecharse las manos.

CAPÍTULO 3

"Solo espero que tengamos el poder necesario cuando llegue el momento". Aqueron le dijo a Verónica.

Girándose para mirar la expresión preocupada en su rostro, Verónica se inclinó para besarlo.

"Como dije antes, sé que la Diosa Tierra no nos hubiera dado permitido ver esto si no hubiera pensado que estábamos listos".

Envolviendo sus brazos alrededor de Aqueron, ella le susurró al oído:

"Ha pasado demasiado tiempo, Aqueron. Muchas noches he deseado abrazarte de nuevo como solíamos hacerlo".

Aqueron comenzó a abrazarla por la espalda y la miró fijamente a los ojos al ver las pequeñas lágrimas allí.

"También he estado deseado abrazarte durante mucho tiempo, Verónica. Ha sido demasiado tiempo, lo sé".

Presionando su cuerpo contra ella, la oyó suspirar.

Verónica podía sentir lo emocionado que estaba Aqueron por abrazarla nuevamente como estaba ahora.

El hormigueo en su cuerpo se hacía más intenso cuanto más tiempo estuvieran juntos.

Al separarse vieron que casi todo el aquelarre los estaba mirando con la boca abierta.

Samantha se acercó un momento después y le preguntó a Verónica en un susurro.

"¿Podemos realmente hacer eso? ¡Pensé que estaba prohibido!"

"Lo estaba, pero ya no. Encuentra un compañero que te haga sentir completa. Este encuentro nos ha permitido sentir a ambos que la unión de los aquelarres nos dará poder para la victoria". Verónica le dijo a su joven asistente.

Encogiéndose de hombros, la mujer más joven se alejó hacia los machos y hembras.

Con el impulso de la Suma Sacerdotisa y el Sacerdote, el aquelarre comenzó a acercarse mucho más.

Mucho más cerca de lo que al principio se creía posible.

Verónica y Aqueron sonrieron, aunque ambos estaban preocupados de que todavía no tuvieran suficiente fuerza para derrotar al Maestro demoníaco.

CAPÍTULO 4

Como ambos temían, una semana después hubo una división en el cielo con grandes cantidades de rayos y truenos.

Un gran sonido atronador comenzó a perforar todos los oídos del aquelarre.

Se sintió una gran corriente de poder.

Apareció una grotesca y deforme forma demoníaca de piel roja.

Suspirando, Aqueron sostuvo la mano de Verónica mientras ambos reunían al aquelarre.

Formando dos anillos, todos unieron sus manos cantando.

"Ya entiendo", llegó la voz atronadora de la forma demoníaca. "Mi enviado se encontró con su fin a manos de los dos aquelarres. No tiene importancia, incluso juntos, no tienen el poder suficiente para vencerme. Soy el señor de todo mal. ¡No hay esperanza para ustedes, no importa lo que hagan! "

Mientras hablaba, comenzó a formarse una barrera alrededor de la horrible forma.

Riendo la forma golpeó un brazo contra ella, pero gritando cuando se quemó severamente.

"¡No necesitamos mucho poder para vencerte!" Verónica le gritó al Maestro.

"¡JAJAJA!" El Maestro se rio de ella. "¡Disfrutaré usarlo hasta que no quede nada de ustedes! ¡Ahora detengan esta defensa inútil que están intentando!" De nuevo, la bestia golpeó la barrera gritando más fuerte cuando no solo no cedió, sino que le arrancó una sección de su hombro.

"El aquelarre está completo una vez más a pesar de sus mejores esfuerzos por destruirlo. Todo el mal que se hizo antes ahora se ha deshecho. ¡Por lo tanto, ya no tiene poder sobre nosotros!" Aqueron le gritó a la bestia.

"¡Oh, estás tan equivocado pequeño!" Señalando a varios de los miembros varones, les pidió que vinieran a él.

Como ningún hombre se movió, la bestia rugió disparándoles varias explosiones de energía.

Luego rugió aún más fuerte cuando todas las explosiones se rebotaron en él.

Los machos sonrieron mientras miraban a las hembras que sostenían sus manos.

"Como puede ver, somos mucho más poderosos como cuando comenzó esta guerra. ¡Ahora vamos a terminarla!"

Con eso Aqueron y Verónica comenzaron a cerrar sus manos haciendo que la barrera se encogiera más cerca de la bestia.

Gritando la bestia comenzó a disparar a cada uno de los miembros del aquelarre que podía.

Jadeando mucho cuando la barrera comenzó a tensarse a su alrededor.

"¡Adelante, destrúyanme! ¡Entonces nunca volverán a ver a este!"

Un momento después, Verónica jadeó cuando apareció la cara de su hermano.

"Puedo devolvértelo a ti. Los humanos no lo mataron. Consumí todo lo que era en mí. Aunque me estoy cansando de sus constantes quejas de querer ver a su hermana. ¡Detén esto ahora y lo liberaré!" Dijo la bestia.

Verónica sonrió mirando la preocupación en el rostro de Aqueron.

"Está bien Aqueron. Sé que ningún poder puede restaurar lo que ha pasado. Solo pueden crear una imagen falsa hecha de recuerdos. Sé que está en paz".

De repente, el viento comenzó a azotar golpeando a los miembros del aquelarre y, de repente, desapareció.

Una voz sonó en el viento:

'¡Se acabó! ¡Ya no destruirás este mundo! ¡Vete!'

La bestia criatura comenzó a reír.

"¡Y ahora aparece la Diosa Perra! ¡No! No seré derrotado, no hay nada que puedas hacer para derrotarme".

'No tengo porque hacerlo yo Mis amorosos y devotos seguidores lo harán por mí. ¡Adiós asqueroso Uno para siempre!' Dijo la voz en el viento.

De nuevo, la criatura bestia comenzó a gritar mientras la barrera se sacudía más y más.

Con un poderoso rugido, la criatura intentó salir, por un momento, solo por un momento, casi lo logró.

Luego, la barrera lo envolvió apretándose hasta convertirse en una pelota, y luego con un estallido, desapareció.

Aqueron se tambaleó un momento al igual que Verónica.

Mirando hacia afuera, vieron que todos los miembros del aquelarre se estaban cayendo.

"Espero que esto hay terminado. Sé que hay otros agentes enviados por el Maestro diabólico, aunque en comparación con Ascaroth son débiles". Dijo Aqueron mientras trataba de sostener a Verónica.

"Sí, mi amor, querido Aqueron, y juntos como la Diosa Tierra pretendía que fuéramos, ¡no fallaremos!" Verónica le dijo.

"Mi preciosa Verónica nunca debemos permitir que el aquelarre se rompa otra vez". Aqueron dijo mientras la besaba.

En el viento se escuchó un profundo y agradecido suspiro.

FIN

DOMINANDO A SUSAN
EL NUEVO TRABAJO
(DOMINACIÓN ERÓTICA)
ERIKA SANDERS

PRÓLOGO

Robert es un maduro hombre de negocios exitoso, casado y con un hijo de la misma edad que Susan.

Sus familias han sido amigos cercanos durante muchos años y él la había visto convertirse en una joven encantadora.

Él siempre había mostrado una amistad abierta hacia la chica y, a lo largo de los años, la había hecho consciente de su afición por ella.

En secreto, su relación amistosa y su cariño por la chica ocultaban sus muchos deseos oscuros, sin ninguna oportunidad de hacerlos realidad.

Su sumisión total hacia él era el único sueño, en sus pensamientos más oscuros y que deseaba que se hicieran realidad.

Susan es una chica, recién graduada, con un título en negocios en su mano y ansiosa por experimentar el mundo.

A punto de comenzar su primer trabajo real, un puesto ofrecido por Robert, amigo de la familia, por respeto a su padre y reconocimiento de sus habilidades.

Pero también, sin que ella lo supiera, alimentado por su deseo de poseerla.

Ella es una chica agradable, sensual pero dulce que ha tenido el mismo novio, Peter, desde su primer año de universidad.

Son aventureros, pero nunca perturban su mundo.

Ella sabe lo que quiere, o cree que lo sabe, pero realmente es bastante obediente dejando que otros la guíen por los caminos de su vida.

EL NUEVO TRABAJO

Se para frente al edificio, y sus ojos contemplan la fachada de acero y vidrio.

Observa a todos los hombres y mujeres bien arreglados y apresurados entrar y salir de la entrada.

Mira su propio traje de falda corta, reanuda el paso, y entra.

Se siente pequeña y un poco intimidada por los hombres que se elevan por encima de su estatura de un metro sesenta mientras sube al elevador y entra en el negocio de su nuevo empleador.

Mirando a su alrededor, lo ve en el mostrador de recepción hablando con una bomba de mujer rubia y riendo coquetamente, y su sonrisa iluminando su rostro mientras la gira hacia ella.

Ella se sonroja sin saber por qué y se mueve hacia él con los tacones haciendo clic en el suelo de baldosas.

El brazo de él le rodea protectoramente sus hombros mientras la presenta a la chica del escritorio.

"Anne, esta es mi pequeña Susy!"

Ella se sonroja, luego se endereza y extiende su mano.

"Hola, en realidad mi nombre es Susan, gusto en conocerte".

Él la dirige con la mano constante sobre su hombro a varios departamentos y a otros ejecutivos.

La presenta como Susan, por lo que está agradecida, y que quiere poner sus mejores maneras en este mundo de gran rivalidad.

Ella permanece cerca de él durante toda la mañana tratando de memorizar una gran variedad de nombres antes de que finalmente la lleve a su suite de oficina.

Él la muestra el escritorio en la antesala que será suyo la mayor parte del tiempo que ella esté aquí.

Ella guarda su bolso y pasa los dedos suavemente sobre los muebles bien elegidos.

Es llevada a su oficina donde él le señala con la mano a los opulentos muebles oscuros, todos de cuero y caoba.

"Y aquí es donde trabajo".

Dejando su lado por primera vez, él se sienta en su escritorio.

Ella se siente extrañamente sola parada en esta gran oficina ante él.

Tomando algunas llaves, continúa hablando:

"A la izquierda, detrás de la salita de recreo, encontrarás una puerta a una pequeña cocina. Esta a menudo entretiene a los clientes. El refrigerador de la barra debe permanecer abastecido siempre con lo que aparece en la lista, y además hay un menú. Debes aprender a cocinar todos los platos, en caso de que el cocinero no esté disponible. Lo pondré en tu programa de entrenamiento ".

Se había movido rápidamente detrás de ella empujándola hacia la puerta y abriéndola.

Con los ojos muy abiertos y sobrecogida por el tamaño de la compañía y las oficinas que poseía, todo lo que puede hacer es asentir tontamente.

"Eso será así. "

"Sí, señor", dice él con una sonrisa, pero la severidad de su voz la sacude.

"Sí, señor ". Ella responde automáticamente.

Tomándola del brazo, él se mueve fuera de la cocina y la lleva a otra alcoba con la puerta en la misma pared.

"Y este es mi baño privado, puedes usarlo, pero solo con mi permiso, ¿entiendes, Susy?"

Ella asiente de nuevo sin palabras ante la opulencia de este baño, recuperándose cuando lo siente ponerse rígido, balbuceando:

"Sí, señor".

Él sonríe ante su obediencia.

"Utilizará el baño de empleados en el pasillo si tiene necesidades y yo no estoy aquí"

Ella es más rápida esta vez.

"Sí, señor".

En el otro lado de la habitación, dos alcobas similares con puertas que él les muestra.

"Esta es una sala de reuniones privada", ella mira rápidamente mientras él la apresura "... y aquí es donde descanso si necesito pasar la noche en la ciudad ".

La habitación estaba oscura y se vislumbraba una gran cama con dosel y bancos extraños en la gran sala.

Apenas tuvo tiempo de percibirlo antes de que le cerrara la puerta.

La lleva de vuelta a su escritorio, enciende la computadora y le muestra el servicio de mensajería personal desde su oficina a su computadora que siempre debe estar encendida y abierto.

Contento con los "Sí señor" apropiados en los momentos correctos y su inclinación natural a ser servicial, la deja en el escritorio para que se familiarice con su nuevo entorno.

Él pone a prueba su atención enviándole pequeños mensajes instantáneos y se sonríe ante sus respuestas inmediatas mientras ella lee las tareas y los distintos horarios que le quejaron en su escritorio.

LA OCUPACIÓN REAL

Él fue paciente y amable mientras ella se familiarizaba con su nuevo trabajo dentro de su compañía.

Hablaba con ella a menudo a través de la pantalla de mensajería instantánea durante los momentos en que no estaba en reuniones, o fuera de la empresa, preguntándole acerca de su familia, amigos, por cómo iban las cosas con su novio, haciéndola sentir a su vez su cariño e interés genuino en su vida.

Durante las primeras semanas, muy ocupadas de su entrenamiento, se tomó el tiempo de consultar con ella y ajustarle el horario si fuera necesario, convirtiéndose en su mentor, su amigo y, a veces, una figura paterna severa.

Bromeaba con ella, jugaba y charlaba amigablemente.

Las conversaciones poco a poco se volvían más íntimas a medida que pasaba el tiempo.

Jugaron a verdad o reto, a menudo, a través de la computadora, y en el juego sus preguntas se volvieron más personales y directas.

Luego se detuvo mientras leía su última respuesta.

Había esperado que sucediera algo así, pero nunca esperó realmente que sucediera.

Aquí estaba jugando a la verdad y aquí estaba la ocasión de atreverse con ella otra vez.

Ella siempre elegía la verdad ... y acaba de confesar una nalgada de su novio, y que le había gustado.

Con eso, iba a comenzar a hacer realidad su sueño.

Sabía que probablemente nunca volvería a jugar a esto con él de nuevo, y casi retrocedió, pensando que ella quería dejar de hacerlo, o peor aún, decírselo a alguien de la compañía y luego a su familia.

Sin embargo, tenía que seguir adelante.

Su deseo sostenido por mucho tiempo lo condujo, y comenzó a escribir.

Ella no había elegido atreverse, pero él continuó escribiendo...

* * *

"Te reto a que me dejes azotarte, Susy".

Ella fijó la vista, no podía creer lo que estaba leyendo.

Se había acercado a él, lo adoraba y la forma en que la cuidaba y la hacía sentir tan especial, casi como su fuera su padre.

Quizás estaba bromeando con ella otra vez, sin creer lo que ella le había contado sobre su cita la noche anterior.

Su mente dio vueltas al pensar en cómo se había sentido recibiendo una nalgada por parte de su novio y se retorció en su asiento al darse cuenta de que necesitaba responder.

Miró fijamente la pantalla, el cuadro de mensaje estaba en blanco, de momento, esperando su respuesta.

* * *

Él comenzó a asustarse, pero luego vio que ella estaba escribiendo.

Su corazón latía rápido, y se asustó el pánico, antes de que finalmente viera lo que ella estaba escribiendo.

"Sí señor."

Tecleó rápidamente, empujándola a actuar a ella y a su suerte:

"Entonces entra en mi oficina y cierra la puerta. Cuando entres a mi oficina obedecerás todas mis órdenes, te acostarás sobre mi regazo sin hablar y te someterás a mis nalgadas".

* * *

Ella parpadeó ante su respuesta.

Este juego se estaba volviendo serio, pero era solo un juego, ¿verdad? ¿La estaba probando?

¿Debería retroceder?

Ambos estaban nerviosos y tensos por sus propios motivos, pegados a la pantalla de la computadora.

Ella no quería ser la primera en retroceder y que él se burlara de ella.

Ella escribió:

"Sí, señor".

***

"Entonces ven a mi oficina, Susy, y cierra la puerta".

No hubo respuesta, pero ella entró rápidamente a su oficina y cerró la puerta como un conejo asustada, incrédulo de lo que acababa de aceptar, pensando que todavía estaba jugando con ella.

Se sentó aparentemente impasible mientras su cuerpo le dolía por ella, al ver su miedo, la confusión y el calor en sus ojos que la hizo continuar.

"Mi regazo espera"

Ella dio un paso adelante y él levantó la mano, se detuvo a medio paso.

"Estuviste de acuerdo en obedecerme entrar en esta habitación, ¿no?"

Visiblemente temblando, ella susurró:

"Sí, señor".

Él señaló el suelo, se estaba envalentonando, y gruñó,

"Arrástrate hacia mí".

Observó cómo veía las emociones jugar en su rostro, renuencia, miedo, temor, emoción y finalmente sumisión.

Dejó escapar el aliento que estaba conteniendo mientras veía el comienzo de su sueño hacerse realidad, su pequeño cuerpo cayendo de rodillas y luego a sus manos mientras ella comenzaba a gatear hacia él.

Sintió que su polla se agitaba al verla.

Era suya finalmente, aunque solo fuera por esta tarde.

***

No podía creer que estaba haciendo esto, este hombre que había conocido toda su vida estaba a punto de azotarla realmente.

El juego había ido demasiado lejos, pero ¿por qué no lo estaba deteniendo?

¡Ella se da cuenta de que lo quería!

Oh, Dios, ¿ella lo quería?

¿Había algo mal con ella?

¿Por qué se sentía así?

Sus ojos se clavaron en su fuerte cuerpo en su gran silla cuando ella alcanzó sus pies y deslizándose como una serpiente se movió en su regazo.

Sabía que estaba mal, pero no podía evitarlo.

Sin palabras, sin discusión, sin acariciarla por ser una buena chica, la mano se estrelló contra su trasero con fuerza, y ella chilló.

***

Miró al hermoso ángel que se arrastraba hacia él, su mente yendo a los lugares más oscuros y teniendo que retroceder, tan joven e impresionable que no se da cuenta de su valía.

Él usaba toda su fuerza de voluntad para permanecer impasible mientras ella se desliza sobre su regazo, seguro de que puede sentir esta dureza en su estómago mientras él le levanta la falda, revelando una tanga rosa, levanta la mano y la golpea con todas sus fuerzas.

Si solo por esta vez la disfrutara.

Observa cómo sus músculos tensos se ondulan bajo el ataque y las huellas su mano brillan en rojo sobre su piel blanca.

Ella chilla y jadea:

"Ohhhhh esoooo dueleeeeee".

Ella chilla y retuerce sus piernas pateando cuando él la azota de nuevo profundamente.

***

Pierde la cuenta de los azotes mientras el dolor llena su pequeño cuerpo y la calienta.

Se da cuenta del calor que comienza en su pequeño coño y la humedad en sus muslos mientras la azota.

Perdida en su calor y necesidad de gritar, pequeñas lágrimas surcan sus mejillas.

* * *

Su mano se adormece mientras la azota con fuerza saboreando la tensión de los músculos duros, sus gritos y súplicas para que deje de azotarlo mientras pinta su pequeño culo de un rojo brillante.

Se detiene cuando la ve mojada entre las piernas, increíblemente, su pequeño cuerpo espasmódico sobre su regazo.

* * *

Su mente se encerró en el poder de este hombre mientras jadea y chilla.

Mientras él continúa azotándola con fuerza y rápido, su cuerpo se hace cargo mientras su mente se tambalea, siente el calor y la necesidad acumulada de un novio demasiado inepto y perdida en la sensación que ella se corre, se pone dura y su orgasmo le cae a chorros sobre sus muslos con este simple azote.

Ella siente que él se detiene y se muere adentro.

Su vergüenza la llena mientras ella tiembla sobre su regazo, jadeando y sollozando.

El calor de su rubor llenaba su rostro, tan avergonzada, ¿cómo pudo haber hecho eso?

* * *

Él sonríe al ver su cara sonrojarse de vergüenza, la mantiene en su lugar, sabiendo que este es su momento.

"Durante la próxima semana, te convertirás en mi esclava. Esta será tu ocupación real. Me obedecerás en todo lo que yo te mande. Te mantendrás a la vista todo el tiempo y me pedirás permiso para irte si es necesario, aunque solo sea para ir al baño. Te poseeré y me obedecerás. Al final de una semana hablaremos de esto nuevamente ".

***

Acostada en su regazo sintiendo el orgasmo de sus nalgadas, ella escucha sus palabras.

Es una declaración, no una pregunta.

Se da cuenta de que no le ha dado opciones.

Ella inclina la cabeza avergonzada, temblando por lo que acaba de hacer.

Y ella gime:

"Sí señor"

LA HISTORIA CONTINUA EN EL PRÓXIMO VOLUMEN: LAS REGLAS

CONAN EL BÁRBARO
VOL. 1
ERIKA SANDERS

CONAN

El sol brillaba sobre la ciudad de Tarantia cuando el pequeño grupo redondeaba la cima de la colina.

Las torres blancas, las cúpulas de cobre y los minaretes brillaban a la luz del sol, dándoles la bienvenida después de su largo viaje.

Las últimas semanas habían sido emocionantes, peligrosas, ya que habían explorado catacumbas perdidas en busca de un tesoro, defendiéndose de monstruos y espíritus malignos para obtener su premio.

De hecho, que eran las monedas que ahora cargaban sus mochilas.

Conan miró a sus colegas, compañeros acérrimos en las batallas que habían enfrentado, y muchas más anteriormente.

Lady Yasimina era la líder del grupo, a pesar de sus orígenes extranjeros.

Nacida en la aristocracia en algún lugar del sur, más allá del río Estigio, no se parecía en nada a los nobles de Tarantia o sus ciudades vecinas.

Su cabello rubio hasta los hombros estaba libre al aire, ya que se había quitado su casco, y sus labios pálidos formaron una sonrisa al ver la ciudad por delante.

Podría ser una extranjera, pero Tarantia se había convertido en un hogar para ella también en los últimos años.

Con el polvo del viaje y el calor de las batallas pasadas, solo su porte real ahora marcaba su ascendencia noble, pero una vez que ya habían regresado, no cabía duda de que ella podría volver a moverse entre la nobleza sin problemas por su conocimiento de la etiqueta requerida, lo que hace ideal alguien ideal como portavoz del grupo.

Mucho más que un bárbaro como Conan.

En contraste con Lady Yasimina que era musculosa y estaba fuertemente blindada, al lado de Conan estaba Valeria, era una hechicera elfa, armada solo con una daga metida en su cinturón.

Ella llevaba ropa de viaje ahora, por supuesto, pero para mañana, él estaba seguro de que estaría vestida con ricas ropas que complementaban su belleza.

Tan pálida y rubia como Yasimina, su cabello era largo, actualmente atado en una larga cola de caballo para revelar los puntos altos de sus orejas.

Había vivido entre los bosques de las islas del sur durante gran parte de su vida, lo que tal vez explicara su expresión extraña a medida que se acercaba la ciudad.

Pero parecía, pensó Conan, tranquila y relajada.

Quizás para ella, como un elfo, esto fue solo el final de otro viaje, una pausa entre viajes, en lugar de un verdadero regreso a casa.

Zula, la tercera de las mujeres, parecía la más feliz.

La pequeña duende se sentó hacia delante en la silla de montar del pony, con los ojos fijos en la ciudad por delante.

Ya se había esforzado por arreglarse antes de la llegada, quitándose el polvo de la ropa, e incluso ahora, enderezó su túnica rojiza y se pasó una mano por el corto cabello castaño.

Parecía estar anticipando el regreso a casa más que los demás, y Conan pensó que a menudo esto parecía ser así.

Sabía que los duendes eran amantes de la familia y el hogar, y aunque Zula no tenía parientes vivos que él conociera, tal vez, para ella, este era su hogar, el lugar donde se sentía más cómoda.

Ciertamente, ella era una nativa de la ciudad, como él.

Como de costumbre, Snagg era el más difícil de leer.

El enano era taciturno, como todos sus parientes, y su rostro no mostraba ninguna emoción ahora.

Su armadura era pesada y estaba maltratada, ya que se había llevado la peor parte en los combates de las últimas semanas, y se habría visto herido o peor, si no hubiera sido por la magia curativa de Yasimina.

Los ojos oscuros bajo las cejas espesas permanecían fijos en el camino por delante, ensimismado es cualesquiera que fueran los pensamientos que los enanos a menudo mantenían para sí mismos.

Conan se dio la vuelta y miró hacia Tarantia.

Ahora aquel era su hogar, donde había crecido y aprendido lo que ahora es, mucho antes de conocer a los demás.

No tenía ninguna duda de que estaba contento de volver.

En poco tiempo, él lo sabía, volverían a lanzarse en busca de aventuras, y él disfrutaba esos momentos.

Pero la ciudad tenía muchos placeres que le eran negados en el camino.

Era un lugar civilizado, un lugar parecido a un santuario.

En los próximos días, habrá muchas cosas que hacer.

Tenía que asistir a la Escuela de Guerreros y reencontrarse con sus amigos y compañeros y para continuar con su entrenamiento.

Y, además, hacer sus meditaciones en la capilla del templo, donde, allí mismo, oraba a la deidad más cercana a su corazón: Muriela, la diosa del amor.

Pero, sobre todo, tendría tiempo para relajarse, para disfrutar de los baños públicos, la buena comida y el vino, para charlar en los mercados y, si Muriela accedía, encontrar compañía para pasar la noche.

***

La villa se encontraba cerca del lado oeste de la ciudad, no muy lejos dentro de la muralla.

Era un edificio grande, primero comprado y luego renovado, con el dinero que se habían ganado al realizar aventuras.

Conan y Zula habían insistido en eso; vivían en posadas mientras estaban en fuera, pero querían un lugar al que volver, una base de operaciones que realmente pudieran llamar suya.

Le tomó un tiempo restaurar el edificio a su estado actual, ya que se encontraba bastante deteriorado cuando lo compraron.

Pero por el resultado bien valió la pena el tiempo y el gasto.

El edificio central tenía dos pisos de altura, con, como muchos otros en la ciudad, un techo ancho y plano donde podían reunirse en el verano.

A cada lado había dos alas, una de las cuales contenía los establos.

Y entre las alas había un amplio patio, amurallado del resto de la ciudad.

Para los aventureros, contar con al menos algún nivel de defensa era algo natural, aunque estuvieran a salvo como deberían estar en Tarantia.

Yakin cerró las puertas cuando el último de los caballos entró en el patio.

Era un hombre joven, competente en su trabajo como administrador, pero no era un aventurero.

Lo habían contratado hacía un año, dándose cuenta de que alguien tenía que mantener la casa mientras estaban lejos en el desierto.

"¿Lo han hecho bien?" preguntó: "Veo que ninguno de ustedes está herido, ¡gracias a los dioses!"

Conan sonrió, desmontó y dio una palmada al joven en la espalda.

"Sí, lo hemos hecho bien. Debemos llevar este tesoro a la bóveda y luego limpiarnos. Vamos a requerir solo un almuerzo ligero; demos tiempo para que traigan algunos suministros frescos".

Miró a los demás a su alrededor.

También habían desmontado de sus caballos y ponis, estirando las piernas después del viaje.

Yasimina y Valeria se unieron a él para saludar a Yakin, pero Snagg solo asintió con la cabeza en su dirección, sin decir nada.

Zula parecía estar ocupada con las mochilas en su caballo, solo mirando de vez en cuando en su dirección.

Quizás ella pensó que algo se le había soltado...

Conan apartó el pensamiento de su mente.

"Te lo contaremos todo, esta misma tarde", dijo Yasimina, "pero yo, en primer lugar, estoy deseando un baño y algo de ropa limpia. Y, por la noche, ¿una buena comida, pudiera ser? ¿Estará todo listo?"

"Sí, mi señora", respondió Yakin, "y no ha pasado nada importante mientras estaba fuera, me complace decir que todo está como lo dejó".

"Pues ya ves," intervino Conan, "esta noche, creo que me gustaría ir a una taberna. Gastar un poco de ese dinero duramente ganado, ¡y recordar cómo es estar de vuelta en la ciudad! ¿Hay alguien que esté conmigo?"

Snagg asintió, gruñendo su asentimiento, pero las mujeres protestaron.

"No, creo que un poco de paz y tranquilidad me apetece más hoy" respondió Valeria. "Me quedaré aquí esta noche".

"Igual que haré yo", respondió Yasimina, que luego miró hacia el último miembro del grupo, que todavía no se había unido a ellos, "¿Qué hay de ti, Zula?"

"Oh ..." dijo la enana, como si estuviera un poco sorprendida, "no, no, creo que también me quedaré aquí. Yo, uh, creo que me acostaré temprano, de hecho. Yo me siento bastante cansada después de todo este tiempo acampando en tiendas".

Conan asintió. Sería, quizás, bueno pasar una noche con una compañía diferente durante un rato, habiendo estado de viaje junto con los demás durante tanto tiempo.

"Solo tú y yo, entonces, Snagg", dijo, y agregó: "trataremos de no ser demasiado ruidosos cuando regresemos. Pero primero, tenemos una tarde por delante ... y un hombre joven al que entretener. Con nuestras historias de aventura, ¿eh?

* * *

La posada La Copa de Oro estaba llena, como era habitual a esa hora de la noche.

Aunque el lugar alquilaba habitaciones, era tanto una taberna como una posada, por lo que, cuando las sombras comenzaron a alargarse afuera, mucha de la buena gente de Tarantia entraban a tomar una bebida antes de dirigirse a sus hogares.

Sin embargo, la clientela era generalmente respetable, por lo que había pocas posibilidades de una pelea o, por lo demás, de que ocurriera algo desagradable, como a menudo era el caso en las tabernas de otras partes de la ciudad en zonas menos recomendables.

Esta era la razón por la que a Conan le gustaba y, además porque los visitantes moderadamente ricos procedentes de fuera de la ciudad a menudo se alojaban aquí, por lo que también solía ser un buen lugar para encontrar trabajo.

Pero esa no era la razón por la que Snagg y él habían venido aquí esta noche.

Habían tenido bastante trabajo por el momento.

Quería relajarse y divertirse, al menos por una noche.

Encontró una mesa libre, y ambos se sentaron y pidieron una bebida.

La camarera, que no pudo dejar de notar, era bonita.

Ella tendría unos veinte y tantos años, con un pelo rizado que le llegaba a los hombros, del color de la arena dorada, los ojos marrones y una sonrisa de bienvenida.

Su camisa blanca de manga corta era escotada y revelaba un amplio escote.

Y su piel, por lo que podía ver, era preciosa y estaba ligeramente bronceada.

"Eres nueva", dijo, sonriendo mientras ella se acercaba con una bandeja de bebidas, "¿cómo te llamas?"

"Livia", dijo simplemente, regalándole con una sonrisa llena de hermosos dientes blancos.

Mientras lo hacía, notó que sus ojos se movían sobre él, absorbiendo su cabello oscuro, su barba corta, y lo que él esperaba era un cuerpo atlético y razonablemente delgado, debido a un trabajo que a menudo lo mantenía ejercitado.

Su mirada se cernió ligeramente sobre sus orejas, ligeramente puntiaguda, y mostrando su herencia de medio elfa.

"Llevo trabajando aquí un par de semanas, pero no le he visto antes. ¿Viene a menudo?"

Puso un par de jarras sobre la mesa, mirando brevemente a Snagg, pero luego, aparentemente sin ver nada de interés, se volvió de nuevo hacia Conan.

"Mi nombre es Conan", respondió él, "y en realidad vivo cerca. Pero Snagg y yo hemos estado lejos últimamente, fuera de aquí".

"¿Un aventurero?" ella dijo, sonando impresionada, "o un comerciante, ¿tal vez?"

"Lo primero, y me atrevo a decir que podría tener muchas historias interesantes para contarte, si tienes tiempo".

Snagg levantó los ojos ligeramente ante el comentario.

Sin duda, para un enano, incluso esto fue un poco demasiado lanzado.

"Más tarde, tal vez", dijo Livia, "hay otros clientes".

Otra rápida sonrisa, y ella desapareció de nuevo entre la multitud.

"Bueno, amigo mío", dijo Conan, volviéndose hacia su compañero aventurero y levantando su jarra "¡Por nuestras recientes victorias!"

Y a medida que avanzaba la noche, intercambiaron historias de sus recientes aventuras, y un pequeño grupo comenzó a reunirse alrededor de la mesa.

De algunos, Conan sabía que eran contactos y amigos que también frecuentaban esta taberna, pero algunos otros eran personas a las que reconocía vagamente, como mucho.

Snagg se volvió más voluble cuando bebió más cerveza, pero el guerrero no vio razón para frenarlo.

Hablaba más de peleas y escapadas cercanas a la muerte que de riqueza y tesoros, y ¿de qué servía ser un aventurero si no podías jactarte un poco?

Además, su atención a menudo estaba en otra parte.

Cuando Snagg se lanzó a una historia sobre una lucha contra un no-muerto en la sombra, Conan miró a Livia.

Había notado que había prestado atención a las historias, y sus ojos estaban más en él que en el enano, independientemente de quién hablara.

En este momento, sin embargo, estaba inclinada para buscar una jarra de detrás de la barra.

Su falda verde caía hasta la mitad de la pantorrilla, por lo que podía ver poco de sus piernas, pero su culo estaba bien redondeado.

Se lo imaginó sin la falda, cómo se sentiría en sus manos ahuecadas ...

"¿Y entonces...?"

"¿Hmm?" se volvió hacia Snagg, consciente de que había estado mirando a otro lado, y había perdido el hilo de la conversación.

"Dígales lo que hizo a continuación", le incitó al enano, "después de que el frasco de Yasimina se hubiera caído al pozo".

Él obedeció, regresando a la historia, y olvidándose momentáneamente de Livia.

Pero entonces ella apareció en el otro lado de la mesa, limpiando una mancha en su camino.

Se inclinó mientras lo hacía, muy deliberadamente, pensó él, dando una visión clara y sin obstrucciones de la parte superior de su camisa, y de los montículos de sus pechos sobresaliendo sobre su escote.

Se aclaró la garganta, "de vuelta a ti ..." le dijo a Snagg.

Livia le mostró esa sonrisa otra vez, deslizándose alrededor de la mesa hasta que estuvo a su lado, acercando su hermoso muslo contra su mano.

No pudo ser un accidente, por lo que él deslizó subrepticiamente su mano hacia arriba, sintiendo la forma de su cuerpo a través de la gruesa tela de su falda, dándole un ligero apretón a la nalga.

Ella no dijo nada, y todos los demás miraban hacia Snagg en ese momento.

Miró hacia ella, y ella levantó los ojos hacia el techo, en dirección a los dormitorios de la posada, y le guiñó un ojo.

Él asintió en silencio, y luego ella se fue, de vuelta hacia el bar y a otro grupo de clientes.

* * *

Conan paseaba por la habitación oscura.

La luna mayor se elevaba hacia afuera, proyectando su luz plateada sobre la ciudad, y una parte se derramó a través de la pequeña ventana.

La tarde había llegado a su fin, y Snagg se había marchado, regresando solo a la villa.

Parecía resignado por eso, no particularmente sorprendido, pero tampoco aprobándolo.

Los enanos, después de todo, no adoraban a Muriela.

Conan ya se había desnudado hasta la cintura y se quitó las sandalias, con su ropa ahora doblada en una silla en la esquina.

La habitación contenía sólo una cama y una mesa pequeña.

No era una de las habitaciones más elegantes de la posada, pero eso realmente no importaba.

No había espejo, pero el guerrero alisaba su cabello de todos modos, tratando de verse lo mejor posible.

Podía oír que se estaba limpiando escaleras abajo, ahora que los últimos invitados se habían dirigido a sus casas o habían subido a sus habitaciones.

Hubo un golpe silencioso en la puerta, y rápidamente se acercó para abrirla.

Livia se quedó enmarcada en la puerta, sosteniendo una vela en un plato pequeño en una mano.

La luz de las velas iluminó su rostro y su pecho, su cabello rizado proyectando sombras, sus labios ligeramente separados e invitantes.

"Estaba empezando a pensar que no vendrías", dijo él bromeando, pero la espera no había sido demasiado larga.

"No había tenido oportunidad", dijo ella, mostrando esa sonrisa una vez más.

Rápidamente entró a la habitación, cerrando la puerta firmemente detrás de ella y colocando la vela en la mesa.

Conan se movió para apagarla, pero ella alcanzó su mano, sosteniéndola en la de ella.

Su piel era suave, cálida.

"Déjala encendida", murmuró Livia, sus ojos vagando sobre su pecho desnudo y hasta la parte superior de su cuerpo.

De repente, ella tomó su cabeza con su mano libre y lo atrajo hacia ella, besándolo apasionadamente.

El beso se demoró, sus labios se juntaron.

Conan puso sus brazos alrededor de ella, juntándolos, aplastando sus voluptuosos pechos contra su pecho, separados solo por la tela de algodón de su camisa.

Sus brazos se envolvieron alrededor de él, sus manos exploraron su espalda, enviando un hormigueo de anticipación por su espina dorsal.

Hicieron una pausa, respiraron hondo y se miraron a los ojos, y luego volvieron a besarse, con sus lenguas entrelazadas.

Por fin, ella se retiró, y él la miró de nuevo, admirando la forma en que su pecho se alzaba.

Él se agachó y le quitó la camisa blanca, deslizando las manos sobre sus lados, y luego la levantó por encima de su cabeza mientras ella levantaba los brazos.

Ella sonrió de nuevo, pronunciando la simple frase, "¿te parezco bien?"

Era una pregunta que realmente no necesitaba respuesta; ella era magnífica.

En lugar de responder, él ahuecó sus pechos en sus manos, pasando sus dedos sobre la piel.

Sus pezones eran grandes y rosados, también ya estaban duros y de punta cuando él acarició con sus pulgares.

La atrajo hacia él otra vez, y se besaron mientras pasaba sus manos por su cabello, trazando los contornos de su cuello.

La llevó con cuidado hacia la cama, besándola alternativamente y tocando sus pechos.

Livia suspiró mientras se acostaba de espaldas, y él se subió a la cama junto a ella.

Él besó su barbilla, y luego su cuello, bajando hacia su clavícula.

Hizo una pausa por un momento, admirando la forma de sus pechos, luego inclinó su cabeza hacia uno, sacudiendo su pezón con su lengua.

Ella murmuró algo inaudible pero feliz, y él continuó, chupando suavemente y pasando su lengua sobre la piel sensible.

Él masajeó su pecho libre, luego cambió postura.

Sabía bien, mientras sus propias manos pasaban por su brazo, sobre su hombro, sintiendo su cuerpo firme.

Miró hacia arriba, y sus ojos se encontraron de nuevo.

"Mmm ... no te detengas" Dijo ella.

En lugar de responder, él la besó en la base de su esternón y luego se movió por su estómago.

Reflexionó de nuevo sobre la suavidad de su piel y la forma de su cuerpo, bien siluetada, pero sin músculos duros.

Alcanzó la banda de su falda, bajándose de la cama para colocarse entre sus piernas.

Le sacó la falda y las bragas de algodón, sobre sus caderas, deslizándolas sobre sus piernas para colocarlas en el suelo.

Livia se quitó los zapatos y se quedó desnuda e indefensa ante él.

Desnuda, sus piernas se veían tan bien como él lo había imaginado abajo en la taberna.

Pasó sus manos sobre sus muslos, moviéndolos lentamente hacia arriba, y besó sus caderas, justo al lado del montículo de vello púbico.

Sus piernas estaban separadas, y él sopló suavemente entre ellas, el calor de su aliento provocándola, mientras miraba, a la luz de la vela, una gota de humedad brillando entre ellas.

"Oh sí," suspiró Livia, "sí, por favor ..."

Pasó su lengua por la rajita, luego separó sus labios, sondeando la cálida y acogedora carne de su coño.

Livia jadeó de placer, sus caderas retorciéndose lujuriosamente contra las sábanas.

Conan puso sus manos en sus nalgas y continuó chupando y lamiendo, lanzando su lengua contra su clítoris.

Livia estaba gimiendo suavemente ahora.

Bajó una mano para acariciar su cabello, corriendo a lo largo del contorno puntiagudo de su oreja izquierda.

Él levantó la vista, observando cómo esos maravillosos senos subían y bajaban a medida que su respiración se hacía más pesada, más agitada.

Regresó a su tarea, ahora metiendo uno de sus dedos en su coñito mientras continuaba lamiéndolo.

Mientras jugaba con su clítoris, ella gimió, moviéndose ligeramente debajo de él, así que lo hizo de nuevo, convirtiendo sus gemidos en jadeos apasionados.

Se puso de pie, una vez más admirando la belleza de la muchacha que tenía ante él.

Livia se apoyó en los codos, el sudor ahora le goteaba la cara, y le clavaba un mechón en la frente.

Su mirada viajó por su cuerpo, mientras él una vez más se sentó en la cama junto a ella.

"¿Lo disfrutaste, verdad"

Se burló él de ella, recibiendo un beso en respuesta.

Se estiró para acariciar uno de sus pechos otra vez, mientras su mano se deslizaba por su costado.

Ella tiró de su cinto, aflojó el cordón con un poco de dificultad y luego se las puso sobre los muslos.

Él se quitó el calzón, y la mano de ella buscó su polla, acariciando a lo largo de su longitud, y pasando su dedo por la punta, rozando el capullo.

Él besó su pecho más cercano otra vez, chupando el pezón, lamiéndolo, mientras su propia mano acariciaba su erección.

Se maravilló de nuevo ante la suavidad de su toque, que parecía solo llevarlo a un éxtasis mayor.

Ella frotó su polla contra el húmedo cabello de su vagina, y él miró hacia arriba viendo su implorante mirada.

Haciendo girar su pierna, se montó encima de ella, su peso presionando sus pechos.

Ella lo guió, hacia adentro, mientras él empujaba profundamente dentro de su acogedor coño.

"Oh, dioses", murmuró ella, envolviendo un brazo detrás de su cuello y agarrando sus nalgas con la otra mano mientras continuaba meciéndose hacia adelante y hacia atrás.

Estaban jadeando ahora, el placer brotaba dentro de él mientras empujaba una y otra vez dentro de su cuerpo.

Se besaron, mientras él le daba un masaje a uno de sus pechos, y ella pasaba un dedo alrededor del contorno de su oreja.

Hizo una pausa por un momento, no queriendo que el evento termine demasiado pronto.

Sus ojos marrones estaban vivos, brillando a la luz de las velas, y su sonrisa era tan contagiosa e invitadora como siempre.

Él comenzó a moverse de nuevo, sintiendo sus caderas apretándose contra él, su mano agarrando sus nalgas con más fuerza ahora, sus pechos llenos de sudor, mientras continuaba bailando sus pezones rosados e hinchados.

Livia gritó cuando él se corrió, agarrándolo hacia ella mientras su propio orgasmo sacudía su cuerpo.

Incluso Conan no había esperado que su primera noche de regreso de la aventura fuera tan placentera ...

FIN

CASADA CURIOSA
CINDY LA VAMPIRA 1
ERIKA SANDERS

El internet es una cosa maravillosa. Te permite conocer personas que nunca se te habrían cruzado en tu camino. Y esta noche eso significaba conocer a Rachel. Al menos ese era el nombre que me dio y ciertamente no tenía mucha intención de profundizar en su vida real. En todo lo que estaba interesada era en esta noche.

Habíamos coincidido en una sala de chat lésbico hacía unos tres meses antes. Nos habíamos presentado la una a la otra de la manera habitual. Habíamos intercambiado nombres, y luego fotos. Habíamos tenido sexo cibernético salvaje y habíamos compartido fantasías sexuales.

Ya con la confianza que da haber llegado a tener sexo, aunque fuera cibersexo, empezamos a hablar un poco de nuestra situación personal. Ella era una madre felizmente casada con dos adorables niños y su esposo era un tipo bastante agradable, aunque bastante aburrido en la cama, para lo que se esperaba de un marido.

Ella era intensamente curiosa, sexualmente hablando. Pero tenía miedo de tener una aventura con alguna conocida, por razones obvias. También tenía miedo de estar con una extraña. De nuevo las razones eran notoriamente obvias. Pero había llegado a un punto en que las fantasías en línea ya no satisfacían sus deseos más lascivos.

Yo quería ser tan sincera con ella como fuera posible. Le dije la verdad, que era soltera y que había sido activamente bisexual durante mucho tiempo. Le envié fotos mías reales y le dije cuáles eran mis preferencias sexuales cuando tengo sexo lésbico.

Nos hicimos más confidencias, conectamos más y finalmente tomamos la decisión de darnos nuestros teléfonos.

Como ella era la que más tenía que perder, la primera vez que hablamos, la llamé a la cabina telefónica que había elegido. Fue una conversación breve, solamente con el propósito de asegurarnos que ambas éramos mujeres.

Ella sugirió que nos reuniéramos para un primer contacto en un bar cerca de su oficina, donde a veces se detenía para tomar algo después del trabajo. Si a las dos nos gustaba lo que veíamos, podíamos ir después a su despacho, ya que tenía su propia entrada discreta. Y si no era así, podríamos ir cada una por nuestro lado. Por mi parte tuve que insistir en que nos encontremos por la tarde noche, a la caída del sol.

Llegué la primera a la cita. Estaba preocupaba en no causar una buena impresión cuando vi como entraba una rubia alta y esbelta y que me miraba. Por mi parte tengo los ojos verdes, el pelo rojo y la tez blanca de mis raíces irlandesas. Todavía me salpican las pecas, que me ayudan a desmentir mi edad. Soy delgada, con una nariz bastante chata y en el momento en que entró Rachel estaba tomando una botella de cerveza con una mano y tenía un cigarrillo en la otra.

Rachel estaba tan nerviosa como lo podría estar cualquier mujer ante una cita a ciegas. Estaba vestida para el trabajo, muy elegante con lo que supongo usaría una contable de éxito, con una falda azul marino y un blazer sobre una blusa blanca y con un par de zapatos con tacones a juego. Se sentó, cruzó y descruzó sus atractivas piernas y me quitó un cigarrillo. Lo que fue un error, tal como resultó. Le dio una bocanada y ella ya se estaba ahogando.

Por un momento pensé que eso era el final, que la vergüenza la haría salir del local. Le quité el cigarrillo de los dedos y le pedí otra cerveza. Ella le dio un tragó y casi se atraganta nuevamente. Debajo de la mesa, tomé su mano con la mía. Sonreí, le apreté la mano y me lancé a un hablarle con una charla intrascendente hasta que recuperara su tranquilidad. Era obvio que estaba muy nerviosa.

"Lo siento mucho", se disculpó. "Es que esto no lo he hecho nunca y estoy un poco..."

"¿Nerviosa?" Yo le dije. "Yo también." Ella me miró incrédula. "En serio, lo estoy", insistí. "Sé que hemos hablado y demás, pero podrías haber sido un maníaco babeante bajo tu bonito disfraz exterior. Pero obviamente no lo eres".

Mi rodilla se encontró con la de ella y pusimos nuestras manos juntas sobre ellas. Ella mantuvo mi mano así y mis esperanzas renacieron de nuevo.

A continuación, hubo un poco de conversación algo nerviosa, pero ambas nos fuimos relajando y comenzamos a divertirnos. Acercamos un poco más nuestras sillas con lo que nuestras piernas también lo hicieron.

Con la mano que tenía en su rodilla la comencé a acariciar y luego la subí por su muslo. Su mano siguió descansando sobre mi rodilla al principio, pero luego también comenzó a explorar mi propia pierna.

Vi la emoción creciendo en sus ojos, un sentimiento que estaba segura estaba emparejado en el que yo también sentía. Pagamos nuestras consumiciones, recogimos nuestras pertenencias y discretamente la seguí por la puerta del local hacía su trabajo en el edificio de oficinas que estaba al lado.

Entremos y cerramos la puerta detrás de nosotras. Rachel me había dicho que no habría nadie más en el edificio a esa hora ya tardía, pero de todos modos se asomó al oscuro pasillo para comprobarlo.

La visión de la falda apretando su culo mientras se inclinaba a mirar me decidió a actuar. Ya era hora de comenzar. Me puse detrás de ella y cuando se enderezó, pasé un brazo alrededor de su cintura. Mis labios se dirigieron a su oído y mi lengua se sumergió en él.

Con mi otra mano abrí la puerta cerrada de su despacho, empujé suavemente a Rachel dentro y después se la puse en las curvas de su culo y le comencé a bajar la cremallera de su falda. Esta cayó alrededor de sus pies, dejándome ver sus hermosas piernas cubiertas ahora ya solo con sus sensuales medias y su firme culo con unas bragas de encaje negro de corte francés.

Me eché unos pasos hacia atrás para admirarle el culo y las piernas mientras me despojaba de mi vestido. Me volví a acercar por detrás de ella y pasé mis brazos alrededor de su cintura acariciándosela para luego subir ambas manos para deslizarlas debajo de su sujetador y copar sus pechos.

Ella giró su cabeza para besarme y se apoyó contra mi cuerpo. Jugué con sus pezones y chupé su lengua hasta que ella se movió para mirarme. Ella logró desabrochar mi sujetador y pasarlo por mis brazos con manos temblorosas mientras yo casi arrancaba el suyo. Después nos quitamos nuestras bragas.

Juntas y acariciándonos nos tambaleamos andando hasta un sillón de cuero enorme de ejecutivo que parecía muy cómodo. La empujé hacia el sillón y me puse delante de ella. Le subí las piernas sobre los brazos extendidos del sillón y me apoyé en su coño abierto. Ella casi gritó cuando mi clítoris se encontró con el de ella, pero logré sofocar el grito besándole en la boca.

Nuestros duros pezones se raspaban los unos contra los otros mientras empujaba mi pelvis contra la de ella. Cachetadas, y ruidos de succión se comenzaron a oír junto con el increíble aroma de dos mujeres excitadas. Mis caderas se levantaban y caían contra ella y ella incorporaba las suyas para encontrarme hasta que nuestros cuerpos se unieron con espasmos y ambas nos corrimos.

Ella se hundió en la silla. Pero aún yo no había acabado con ella. Mientras ella temblaba, lentamente deslice mi cuerpo hacia abajo. Hubo un momento en que mi cara se presionó entre sus pechos y casi pierdo el control, pero logré continuar.

Mi lengua y mis labios continuaron su camino por su estómago y sobre su sexy montículo. Le levanté sus piernas sobre mis hombros, inclinándome hacia ella y levantando su culo hacia arriba. Cubrí sus labios mojados del coño con mi boca y mi lengua se puso a darle placer.

Esto era lo que había querido hacer desde que la vi. Sabía que esto era lo que ella había querido experimentar por primera vez. La sostuve con mis manos y alterné la succión de sus labios hinchados con mi boca y con la pasada de mi lengua cada vez más y más profundamente en su rajita abierta. Sus manos se deslizaron por mi espalda y me ayudó empujando sus caderas hacia mí, subiendo y bajando por mi cara.

Se agitó en la silla de cuero mientras mi lengua rozaba su clítoris. Mis manos se apretaban y se aflojaban, masajeando su culo firme y manteniendo su sexo húmedo presionado en mi cara.

Alterné al lanzar mi lengua dentro de ella con breves pinchazos rápidos a otros golpes más amplios, raspado arriba y abajo en su abertura abierta.

Pasé un dedo más adentro que lo conseguía mi lengua, y luego otro. Girando y girando mi muñeca, sentí como su cuerpo se tensaba. Empujé todos mis dedos dentro de ella y agregué el pulgar de la otra mano. Este deslizamiento fue suficiente para cubrirlo con sus jugos. Lo saqué y con un movimiento rápido lo metí por el culo.

Echó la cabeza hacia atrás y levantó las caderas para que le introdujera más profundamente mis dedos. Mientras lo hacía, mis labios se deslizaron por el interior de su muslo. Justo encima de su mitad superior noté la presencia de su pulso latiendo fuertemente. Mis colmillos como agujas pincharon su piel sin apenas resistencia para alojarse en su arteria femoral.

Como esperaba, la llegada de su orgasmo fue tan intensa que nunca sintió la penetración adicional en su cuerpo. Sus sentidos estaban abrumados. Sus continuas subidas y bajadas sobre mi mano y sus gritos apagados fueron el resultado de mis penetraciones en su coño y culo, no en respuesta a mi mordida. Para cuando su cuerpo se calmó lo suficiente como para reconocer cualquier otra cosa, ya estaba cayendo en la inconsciencia.

Terminé de alimentarme y me retiré de su pierna. Bueno. Las pequeñas marcas de punción apenas se notaban. Incluso si alguien sospechaba lo que había sucedido, buscarían las marcas tradicionales en el cuello. Siempre he tratado de evitar éstas cuanto fuera posible.

El siguiente paso era vigilar el área. Saqué una toallita del baño del pasillo y la limpié cuidadosamente. Le puse su ropa interior y le acomodé la ropa. Le quité las medias y las puse en un práctico cajón. Vi que tenía un armario, lo abrí y puse sus zapatos de tacón en la parte baja del armario donde estaban otros zapatos.

Tampoco quería que pareciera que había conocido a un amante aquí, después de todo. Encendí su computadora y borré cualquier rastro de nuestra correspondencia. Saqué unas carpetas y las extendí alrededor del escritorio, colocando una sobre su regazo, abierta con sus manos encima. Abrí el cajón inferior de su escritorio y apoyé sus pies sobre él, cruzando sus tobillos.

Miré cuidadosamente alrededor de la habitación. Sin sangre, sin señales de algún intruso y sin rastro de mi presencia. Era hora de irse. La revisé cuidadosamente una vez más. Su pulso era lento pero regular y su respiración era normal. Dejando solo encendida la lámpara de escritorio, me deslicé a través de la puerta al exterior, sintiendo más que escuchando cómo se cerraba detrás de mí. Ella estaría bien por la mañana, aunque estaría un poco mareada por la bajada de la presión sanguínea que la había hecho desmayarse esta noche. Se sentiría aliviada al descubrir que me había ido. Incluso podría ir a un médico y hacerse un cheque. Pero seguro que ella recordaría con placer su primera experiencia lésbica.

¿Qué? ¿Esperaban que la matara? ¿Qué bebiera toda su sangre hasta que ella fuer una forma vacía y sin vida? Que creen que soy, ¿una desalmada, un no muerto, o un monstruo chupasangre?

No me importa que se use el término "no muerto", pero prefiero "inmortal". Sin embargo, tengo que admitir que el primer término es correcto. No respiro, mi corazón no late y lo que fluye en mis venas es solo algo mecánico. Y sí, bebo sangre. Solo trata de pensar en mí como alguien que necesita muchas transfusiones.

Estaría perfectamente feliz de vivir en el banco de sangre local, pero no puedo. Hay una escasez de sangre en todo el país. ¿Alguno de ustedes ha visto cuantos anuncios hay de la Cruz Roja pidiendo donaciones?

Por otra parte, casi no tengo alma y me molesta muchísimo que me llamen monstruo. Excepto por algunos cambios que ocurrieron después de un extraño encuentro de hace unos cientos de años, todavía soy la hija más joven y favorita de la señora Madison, y me llamo Cindy.

Me gusta la música, bailar, disfrutar del buen whisky irlandés y una buena narración de cuentos. Todavía soy una coqueta, no estoy dispuesta a establecerme con otro vampiro (fíjense, unos amigos, son pareja y están muy felizmente casados) y me gusta la compañía de ambos sexos.

Todavía tengo algo alma y conciencia. Y todavía asisto a la Misa del Gallo por el amor de Dios, aunque en mi confesión anual por Pascua ha ocurrido que más de una vez el sacerdote me ha regañado por contar grandes mentiras en la confesión. Sin embargo, es mejor eso que ser expulsado del confesionario por alguien que grita "Espíritu impuro" y que trata de clavar una estaca en mi corazón.

Soy una vampira, no un demonio. Los únicos problemas es que tengo una alergia severa a la luz solar y que mi cuerpo solo se alimenta de una manera específica.

Por cierto, no puedo volar. No en mi forma humana de todos modos (Entiendo que es la única forma que tengo. NO me convierto en murciélago. Estoy seguro de que arruinaría mi maquillaje). YO SOY más fuerte que una persona normal y sí, continuaré viviendo (término equivocado, pero no sé qué más cabe) previsiblemente durante mucho tiempo.

Por cierto, no tengo idea de qué ocurre después de la muerte. No recuerdo nada de lo que sucedió entre que me desmayé por causa de los colmillos de ese tipo en mi garganta y al despertar en un ataúd. Y esa no es mi idea perfecta de dónde pasar la noche.

Hay varias razones por las que no mato humanos.

Primero y, ante todo, no soy una asesina. Pocos vampiros lo son. Incluso para aquellos que no tienen escrúpulos morales en matar, dejar el paisaje plagado de cadáveres no es una opción muy interesante. Llama la atención. Pueden hacerte quemar en la hoguera, y no es un final que me atraiga, especialmente después de lo cerca que llegué a ese final en Hungría hacia el año 1590.

Segundo, si no eres muy cuidadosa, crearás más vampiros. No se sorprenda de que no lo consideremos una "buena cosa". Piénselo, cuantos más vampiros haya, más gente será mordida. Eventualmente te podrías quedar sin humanos y entonces, ¿de dónde sacaríamos la sangre que necesitamos? Los animales solo serían una solución a corto plazo, necesitamos sangre humana. No tengo ni idea del por qué, pero es así. Le pregunté a Dios, pero no me contestó. Y no se puede preguntar a los gobernantes.

Oh sí, los gobernantes. ¿No crees que el gobierno no sabe que existimos? Por supuesto que lo saben. Pero ahora son buenos tiempos. Tenemos un acuerdo informal, pero fuertemente asegurado con ellos. Nos mantenemos a un nivel bajo, nos comportamos bien y no nos aniquilan. Y no somos muchos los nuestros, por las razones que acabo de explicar.

Y a cambio, hacemos ciertas cosas para el gobierno. Después de todo, también somos patriotas. Alguien que puede atravesar gases venenosos y ser acribillado con balas sin sufrir ningún daño puede ser muy útil para todas las agencias.

Tengo un viejo y muy antiguo amigo, James, que trabaja para el FBI. Le tengo mucho cariño, incluso aunque haya nacido en Inglaterra. Nos vemos de vez en cuando, sobre todo porque generalmente estoy empleada por otra rama del gobierno, en concreto la CIA. Oye, una chica tiene que ganarse la vida haciendo algo.

Me subí a mi furgoneta y me senté en la silla de cuero del conductor. Es sencilla en el exterior, pero muy bien decorada por dentro. La ventaja es obvia. Solo un par de ventanas y cortinas que brindan seguridad en caso de que no haya podido llegar a casa sana y a salvo antes del amanecer.

Me apetecía un trago de whisky, maldita sea. Sin embargo, no bebo cuando conduzco así que encendí el motor y salí de la ciudad hacia el motel en la carretera interestatal donde había hecho una reserva.

Sonreí mientras conducía. Rachel había estado encantadora sexualmente hablando y muy sabrosa también. Con ella ya estoy alimentada para varios días, ya que también me había comido recientemente a una estudiante universitaria gótica, alguien con quien repito, lo que es muy inusual.

Casi todos los meses, ella y yo hacíamos el amor, y el clímax llegaba que yo me bebía su sangre mientras la sujetaba encima de mí y ella me comía el coño. A veces me preocupaba que me estuviera encaprichando con ella. A ver cómo le podría explicar algo como eso a mi confesor.

Mi teléfono celular sonó cuando entré en el estacionamiento del motel. De nuevo, estoy pasada de moda. Mi teléfono no canta ni baila ni reproduce una selección de éxitos musicales. Simplemente suena. Aunque tengo identificador de llamadas. Me había quedado allí ya la noche anterior, así que estacioné y entré mientras miraba la pantalla.

"Hola James. ¿Qué le pasa a mi federal favorito?"

"Espero que estés ya dentro, segura, porque el sol está a punto de aparecer allá donde estás. ¿Dejaste a esa agradable contable en buena forma?"

Se los juro, él tiene siempre tiene que demostrarme lo fácil con que puede rastrearme. Es hora de volver a buscar a los malos con la camioneta. Amo a James, de hecho, hemos tenido mucha intimidad bastante a menudo en los últimos 150 años, pero todavía no quiero que esté al tanto de cada uno de mis movimientos.

"Ya estoy y así lo hice James. Por favor, sin juegos cariño, estoy saciada y estoy muy cansada".

"Bueno, duerme bien y dirígete mañana a Washington. Vas a estar ocupada". Su tono de broma se había vuelto serio. "Estás de vuelta en nómina a tiempo completo. Alguien se ha vuelto loco".

Gruñí. " Alguien se ha vuelto loco " se dice cuando un vampiro pierde su control y comienza a matar, a menudo indiscriminadamente. Las mejores personas para detener a alguien así son, lo adivinaron, otros vampiros.

"Estaré en la carretera al caer la noche, James. Mantente en contacto". Colgué el teléfono y lo arrojé sobre la cama. Cerré la puerta y me dirigí hacia la botella que estaba junto al fregadero. Ahora sí que realmente necesitaba una bebida.

FIN

www.ingramcontent.com/pod-product-compliance
Lightning Source LLC
LaVergne TN
LVHW091227150826
845673LV00003B/1045